JN235972

kokoro
心
こころ

早瀬 さと子

Hayase Satoko

文芸社

心、ころころ
どんな色？

心、色々
どんなこと？

少しだけ
その手を開き
その心を繋いでみませんか？

「ココロ」

私の命に触れた人へ
私の言葉に触れる人へ

誰よりも傷付きがちな
このココロ

何よりも敏感な
この言葉たち

私はきっといつまでも
書き続ける

どんなに投げやりでも
どんなに悲しくても
それが私のココロだから

「天空」

いつか空を飛べる
そんな気がしたんだ

眠れなかった夜
その先にあった
静か過ぎる夜明け

人間だけが
違う動物になりたがる

それでも私は
いつか空を飛べる
そんな気がしたんだ

天空を自由に泳ぐ
鳥になれる気がしたんだ

「十六歳」

十六歳
ぬいぐるみを手放して
一人、考える

十六歳
果たして何が喜びで
果たして何が悲しみか

十六歳
少女は自分を知り得ない
少女は心を知り得ない

十六歳
生や死を考える
静かな葛藤

「癒」

君、思う夕暮れ
涙が止まらない

大人に甘えることに
ふと無器用になっていて

でも眼前を見るのは
もっと苦しい

君を握り
果てない人生を行こう

君を抱き
夢ある夢に落ちよう

ぬいぐるみのくまよ
幼き少女のように

「命…色」

命の数だけ
色があって

命の数だけ
描かれる絵がある

みんな何処か似ているけれど
みんな何処か違っていて

色んな絵の具を混ぜ合わせれば
出来そうな色でも
その人にしか持てない色がある

やっと気付いたんだ
私は私色の中で生きればいいと

私色でこの大きいキャンバスに
私の命を描けばいいと

だから私の命の色を
探してみよう

そしてその中で
たくさんの人に出会って
その出会いをここに残してみよう

あなたはどんな色を持って
そこに立っているのですか？

良かったら私のキャンバスに
少し色を落として行きませんか？

「もう止めろ」

もういいじゃないか
腹が立つ言葉に
いちいち噛み付いていかなくても

少し落ち着け
少し微笑め

もういいじゃないか
昨日の自分を
躍起になって庇わなくても

昨日は昨日
もう終わったのだから

響き合いたいのなら
優しく穏やかになればいい
その音を調節し合えばいい

ぶつかり合いたいのなら
全力を尽くせばいい
大き過ぎる音を出せばいい

どんなことがあっても
君は君でこの地球で一人だけ
何があってもそれだけは変わらない

でも疲れるだろ？
もういいじゃないか
そろそろ接点を見つけてみないか？

少女よ、たくさん傷付け
少女よ、たくさん泣け
それは君を大人にしていくはずだから

「一人じゃない」

そこには
私を待ってくれる人がいる

そこには
私を愛してくれる人がいる

君はもう一人じゃない
彼はそうつぶやいた

もしそこのあなたに
待ってくれる人がいないのなら

もしそこのあなたに
愛してくれる人がいないのなら

残念だけれど
あなたの孤独は今日で終わってしまったよ

私の言葉に触れたから
もう君は一人じゃない

君はもう一人じゃない

「昼下がり」

この空間を
何と呼べばいいのだろう

昼下がり…
そんな平凡な言葉しか見当たらない

のんびりしていて
夕暮れに焦っていて

昼下がり…
晴天の空に眠気を誘われる時間

昼下がり…
今日と明日のちょうど真ん中

「誰？」

君は何処から来たの？
どうしてここにいるの？
何故に生まれて来たのだろう

私は誰？
心は何処？
何故に大人になるのだろう

生きるってどんな感じ？
死ぬって痛いの？
何故に生きているのだろう

不可思議なものを
苦しい程に抱えて
ふと自分を考えた早朝

「休息」

もし今、あなたが
何かに傷付き立ち上がれないのなら
もう少しそこにいて下さい

この詩を読んでから
立ち上がって下さい
そして大きく駆け抜けて行って下さい

私が語りかけてきた大人たちは
今のままで良いと
決して言わなかった

だから私はあなたにつぶやく
あなたは人一倍傷付いたのだから
もう少しここで休んでいればいいと

あなたは痛みを感じている
あなたは悲しみを感じている
だからあなたは喜びを感じられる

「生きろ！」

夏の終わりに
君が放った言葉が
忘れられない

生きろ！
その究極の言葉は
深い足跡を残していった

夏の終わりに
君が放った言葉が
忘れられない

生きろ！
頷けなかったその言葉に
私はもがき苦しんだ

そして真冬の夕方に
君は同じ言葉をつぶやいた
生きろ…

生きる意味はきっとない
神に与えられてしまった命
どう生きるかに意味がある

でもその意味は
生きなければ
見つけられない

生きろ！
君はたった三文字に
その祈りを添えてくれたんだ

「我、思う」

死を考え我思う
私が残した言葉たちは
確実に誰かの胸を叩いていると

死を考え我思う
この世界はとても美しく
私が愚かだったのだと

死を考え我思う
明日を夢見たこの手は
誰に喜びを与えたのだろうと

死を考え我思う
真夜中に消えていった祖母は
今も私を見守っていると

死を考え我思う
この世に残すことはもう何もなく
全てをやり終えたのではと

神というものを少しだけ信じ
今宵は深く深く
眠ってしまおう

死を考え我思う
あなたに出会えたことも
涙を流せたことも
全てが幸せであったと

死を考え我思う
どんなに悩んでも
それは神様のちょっとした悪戯だと
明日もきっと生きていると

「何色？」

空は悲鳴を上げて
私たちに土砂降りの雨を与えた

でも今ではその空も
ほんの少しお日様に照らされている

そして少しだけ微笑んで
私たちに虹を見せてくれた

始まりがわからないということは
終わりがないということ

不確かなものばかりが
転がっているこの世の中だけれど

七色だけの洋服を並べられたら
今日あなたは
何色を着て出かけますか？

七色の中で
今日のあなたに一番似ているのは
何色ですか？

そっくりな色はないはず
今日のあなたは
そこにしかいないのだから

でも土砂降りの雨の後
今日あなたは
何色を着て出かけますか？

「そこのあなたへ」

あなたに届け
この気持ち

何処かで聞いているだろう
何処かで待っているだろう

だからもっともっと
色んな思いを伝えたい

色んなことがあったから
色んなことを知ったから

あなたに届け
この気持ち

負けられる強さを
泣ける勇気を

あなたに届け

この気持ち

・

傷付ける弱さを

甘えられる情けを

「初夏の金曜日」

何もかもを犠牲にして
それでも眠りが欲しかった

目が覚める眠りなんて
そんなものはいらないよ

もう目覚めない深い眠り
それがこの手に欲しかった

でも幾度となく
神は私を許さなかったんだ

苦しい時にしか
苦しむことができない

何処からともなく
そんな気がした
初夏の金曜日

「神よ」

心の雨につぶやいて
涙をそっと抱き締めた

いつか必ず人と微笑むと
いつか必ず人を助けると

だからどうか私を
この世に残して下さい

微かな夕日に涙して
自らの心を探る夕暮れ

「恋」

人間は素晴らしい自分に
恋をする

生まれた瞬間から
人間は恋をする
たった一人の素晴らしい自分に

たった一人の自分は
きっと誰にも取られない

恋は素晴らしいもの
やがてその恋は
ろうそくのように消えていく

最初に恋をした
素晴らしい自分と共に

恋は嫌いだった自分を
再び素晴らしい自分に戻してくれる

私もそんな素晴らしい恋に
そんな素晴らしい自分に
憧れたいものだ

「太陽」

君の前で
素直になりたい

君の前で
おもいっきり泣きたい

その後で包み込まれるように
君に暖かく抱き締められたい

君は素直にさせてくれるだろう
君は泣かせてくれるだろう

そして君は暖かく
私を抱き締めてくれるだろう

晴れ渡る空
雲一つない君に
夢を渡した日

「未来」

涙を流している君に
その涙を止めろとは言わないよ

どうぞ、とことん苦しんで
どうぞ、溺れる程悲しんで
どうぞ、ぼやける程傷付いて

でもそれは全て
今日の出来事なんだ

だから明日は
違う一日を生きてみないか

そう言っても
似たような一日を生きるのが
人間っていう生き物なんだけれど

でもせめてその涙は
今日に置き去りにしてみないか？

今日は明日の準備にしか過ぎない
そして明日は
明後日の準備にしか過ぎないのだから

それも不確かな未来
本当に明日があるかなんて
誰も知らない

そんな未来のために
今は怯える程泣けばいい

「時の流れ」

背負う過去を
どう乗り越えるのか？

生きる今を
どう乗り越えるのか？

あるであろう未来を
どう乗り越えるのか？

君はどう思う？
何もかもを投げ捨てて
月に寝そべりたいと思うのは私だけ？

過去はどんどん増えていく
今は身勝手に進んでいく
未来は夢のようには訪れない

君はどう思う？

「大好きだよ」

大好きなあの人が
そっと本を持って来た

表紙、一枚開いた所に
〝生きてくれてありがとう〟と
書かれていた

微かに残る
あの人の煙草に濡れた香り
あの人のコーヒーの味

少しの涙が頬を伝う
一体、彼は私を泣かせたいの？

でも私にも
〝ありがとう〟しか見つからない

そして
〝愛している〟としか

「涙の色」

涙の色は七色で
きっと簡単なもの

でもあなたはつぶやくはず
この涙は特別だと

生きることは
何もかもが一瞬

その一瞬に惑う
その一瞬に涙する

涙の色は七色で
きっと虹のようなもの

そして見えないようで
見えてしまう

そんな虚しい涙色
そんな悲しい特別色…

「大人…子ども」

大人になることとは
何なのですか？

心が大人になる時
あなたはその成長を
素直に受け入れましたか？

ぬいぐるみを放す時
あなたはその姿を
そのまま日記に残しましたか？

大人になることとは
何なのですか？

大人と子どもの間で揺れ動く
思春期と呼ばれるその時期
あなたは何を考えていましたか？

そして大人になることに
何の疑問も持たなかったのですか？

あなたはどうやって
大人になってきたのですか？

「人」

人は何故、嘆くの？
人は何故、苦しむの？
人は何故、泣くの？
人は何故、悲しむの？

人は何故、喜ぶの？
人は何故、微笑むの？
人は何故、笑うの？
人は何故、優しいの？

あなたが人でいるのは何故ですか？
あなたにとって人とは何ですか？
あなたは人を不思議に思いませんか？
あなたを人として見ているのは誰ですか？

あなたの心は何処にありますか？

「心の中身」

眠れない夜は
もう少しだけ考えていたい

自らが放った言葉の意味を
起こしてきた行動を

溢れそうな気持ちに
戸惑い、迷っている

そして零れた涙に
そっと心を揺らされている

眠れない夜は
もう少しだけ考えていたい

放たれた言葉の意味を
起こそうとしている行動を

真夜中にそっと
心の中身を考えた

そして心の中身を
知りたいと思ったんだ

「言葉たち」

私はたくさんの言葉を書くけれど
そのどれだけを残せるのだろう

あなたはそのどれだけを
その胸に残してくれますか？

私はたくさんの言葉を愛するけれど
そのどれだけを伝えられるのだろう

あなたにそのどれだけが
その心に伝わっていますか？

私が紡ぐ言葉たちは
決して無表情の活字ではない

だからあなたの胸に残して欲しい
だからあなたの心に伝えたい

私が紡ぐ言葉たちを
私が愛する言葉たちを

「涙の中に」

たくさんの涙の中に
たくさんの楽しさがある

たくさんの涙の中に
たくさんの喜びがある

たくさんの涙の中に
たくさんの嬉しさがある

無理をしなくてもいい
少しでいい
微笑もうよ、この心に

溺れる程流した涙は
いつの日か誰にも負けない
静かな強さに変わるのだから

「古惚けた椅子で」

あなたはいつも
何かに心、奪われている
大きな大きな私の見えないものに

私の言葉に頷くその目は
いつも遠い何かを
じっと見つめている

少しでいいから
振り向いて欲しい

遠い昔に私が
涙の意味や理由を語った
あの部屋のあの椅子

その椅子で向かい合い
こんな自分を語りたい

心、奪われているあなたのこと
遠い何かを見つめているあなたのこと

もう少しだけ大人になれば
あなたのその心が
わかるようになるのかな

でも今は私の言葉を
ただただ聞いて欲しい
この古惚けた椅子で

「失う生き物」

人は生まれた瞬間から
命を失い続ける

人は生まれた瞬間から
真っ白だった経験を奪われ続ける

それと引き換えに人は
数え切れない人に出会い続ける

それと引き換えに人は
生きる技術を得続ける

でもやがて人は命を失う
それでも人はたくさんの夢を見る

生きること
あなたにとっては失うことですか？
それとも得ることですか？

生きること
それは確かに失っていく過程だけれど
得ることのほうが大きいはず

そうでなければ
神様が命を与えた意味が
ちっぽけなものになってしまうもの

生きること
あなたにとっては失うことですか？
それとも得ることですか？

「葉書」

あなたがいたから
生きていたいと思ったんだ

もう少しだけ
人間をやっていても
それでもいいかなって

あなたがくれた
一枚の葉書に勇気をもらって
その力強さに勇気をもらって

失ったものや
壊したものを
たくさん知ったよ

でも大切なものや
壊し切れないものも
たくさん知ったんだ

自分も大人も傷付けずに
目の前を見るのは
とても辛くて

何も考えずに
真剣に生きるのに
とても疲れていて

多くの雑音の中で
ずっとずっと
幼いままでいたかった

でもあなたの葉書があったから
生きていたいと思ったんだ

もう少しだけ
人間をやっていても
それでもいいかなって

「喧嘩」

溢れ出そうな涙を
懸命に堪えていた

ただ悔しくて
食い違う意見の差を埋めたくて

でも結局二人は
黙り込んでしまった

何もない空気だけの車の中
家までの道のりが
途轍もなく長かった

あなたが言いたいことは
痛い程わかるのに

私から出る言葉は
裏返っていた

親子ゆえに
ごめんねって
その一言が出なかったんだ

「望」

もう終わりって
何度も壁を殴ってみた

もういいよねって
何度も枕を濡らしていた

何も変わらないのに
何か変わる気がして

明日の朝になったら
自分が変わっていて欲しい

小さな夜に微かに入る
朝の光

殴った壁
濡らした枕

昨日のものへと
終わっていった

明日の朝になったら
変われる今日がきっとある

「不思議な世界」

その人は私に出会った時に言ったんだ
良い夢を持つことが
素敵な人間になることだったと

そして傷付いた分
確実に愛していけると信じ
力一杯生きてきたと

私は頷いていた
その送り出される言葉を
一つ一つ噛み締めながら

その人は私に
不思議な世界を与えてくれた

迷う私が彼に問うと
彼はこう答える

満月の下で輝く
傷付いた百合には
真夜中は必須だと

そして人が素敵なのは
脆さ、危うさ、儚さ、凶暴さを
兼ね備えてからだと言う

例え、月の匂いが狂おしくても
私は彼を信じ続けるだろう

「空っぽの籠」

あなたと遊んだあの道は
いつも何かが隠れていて
私はキョロキョロしてばかりだった

掴めそうなのに
なかなか掴めない夢に
あどけない溜め息をついた

届きそうなのに
なかなか届かない果実に
悔しいと駄々をこねた

天国で深く眠っているであろう
私の大切な愛しの人よ
大切な祖母よ

空っぽだった籠には
たくさんのものが
入っては消えていった

それでも私は生きている
まだキョロキョロしていて
目的地が定まっていないけれど

何かが隠れているのではと
空っぽの籠を持ち
心を踊らせている

天国で深く眠っているであろう
私の大切な愛しの人よ
大切な祖母よ

何よりも誰よりも
自分に厳しくなりなさい
あなたがこの籠に置いていったもの

でもそれは籠にではなく
もったいないから
私の心に入れてあります

「友へ」

ねぇ、君はいつもそうやって
私の言葉に後ろを向く
でも一体、何があったんだい？

ここで好きなだけ泣けばいい
ここで好きなだけ語ればいい

君と笑って話せることが
今、一番の幸せなんだ

だからもし君が心、許すなら
涙の理由を聞かせて欲しい

何もできないかもしれない
でも君を一人ぼっちにしたくない

ねぇ、君はいつもそうやって
私の言葉に後ろを向く
でも一体、何があったんだい？

私は君の言葉を
ずっと待っているんだよ

君が一人で凍えていないか
いつも心配しているんだよ

そんなことは余計なお世話と
いつか笑ってくれないか？

「迷子」

生きることは苦しいことが多い
でも苦しみはやがて楽しみになる

生きることは泣くことが多い
でも悲しみはやがて微笑みになる

そう信じなければ
生きることを怯えなければならないもの

そうやって人は
道に迷って生きている

そうやって人は
迷子になって生きている

「晴天の空」

死にたいと思った
消えたいと思った
でもそれを止めた人がいたんだ

生きる理由もないけれど
死んでもいい理由も
またないらしい

その人はそう叫んだ
虚ろな目をする私の後ろ姿に

そしてこうして
ここで話をすることが
生きる意味なのだと続けた

私は涙を流せるだけ
幸せなのかもしれない

私は絶望を語れるだけ
幸せなのかもしれない

今日、晴天の空を見て
ふとそう思うことができたんだ

「運命」

この風のような現実を
私だから得られた運命だと
強く強く信じよう

そうでなければ
萎えてしまうだけだもの

そうでなければ
涙を誘うだけだもの

いつもいつも
頑張り続ける必要は
少しもないけれど

たまには大声を
出してもいいじゃない？

たまには痛くなる程
笑ってもいいじゃない？

この風のような現実は
私に必要だから
神様が与えるのだもの

あなたも同じはず
あなただから得られた運命の中に
静かに立っているはず

神様はたった一度の人生で
必要なものしか与えない

だからそれは必要な涙
だからこれは必要な現実

「鳥」

空を見つめなくてもいい
星を目指さなくてもいい

明るさを信じて
その道を歩いていれば
きっとそれでいい

誰のためとか
誰に言われたからとか

そんなことは
そっとあの日に置いてこよう

できないことは
できないままでいい

忘れなければ
きっと明日はできる
きっとできるようになっている

そしていつか空よりも大きく
星よりも遠く
大空を羽ばたく翼を持てる

「無口なクマ」

どうして君は
いつもそんなに無口なんだい？

どうして君は
いつもそんなに心を詠めるんだい？

土足で走り去っていった大人たち
幼げな化粧をしてしゃがみこむ若者

通り過ぎていくものは
全部一瞬なのに

君はいつから
私に心を許させたんだい？

その殴れないあどけなさが
君をずっと抱ける自信をくれる

そう、君は小さなぬいぐるみのクマ

「傷だらけのキス」

心の痛みの数だけある
傷だらけの腕に
あなたは静かにキスをした

甘くて…
痛くて…
すごく悲しかったよ

心の痛みの数だけある
傷だらけの腕に
あなたは静かにキスをした

あなたが私を愛し始めたのは
きっとあの満月の夜から
きっとあの涙が頬を伝った日から

そして私たちは
密かに互いを
愛し始めたのかもしれない

「幼き少女」

少し我が侭になってみた
大人を振り向かせたくて
まるで幼い少女のように

嫉妬や怒りなど
何もないけれど
ほんの少し甘えたい

幼き日々に作れなかった思い出
大人になり過ぎて失ってしまったもの
そんなことをやってみたい

少し我が侭になってみた
ただここにいる意味を伝えたくて
まるで自由を求める少女のように

誰かに抱き締められたい
誰かに甘えたい
誰かに振り向いて欲しい

「風」

溢れる恐さは
心を狂わせていった

空っぽになろうとする
心の叫び

この心に何をしてあげれば
いいのだろう

この心に何をしてあげれば
楽になるのだろう

零れ落ちる涙は
心を濡らしていった

後退りしようとする
心の囁き

この心に何をしてあげれば
いいのだろう

この心に何をしてあげれば
楽になるのだろう

でも一瞬の夢を
風で消さないと
この心に誓ったんだ

「ビー玉」

遠く何かを見る
この瞳の中

ビー玉に心が逆さ向くように
天高くから雨音がする

何年も握っていた拳の中で
がらくたたちが悲鳴を上げた

遠く何かを見る
この瞳の中

小説で見た光景を
そっと思い出すベッドの上

「愛」

あなたに微笑んで欲しいから
少し生きることにした

あなたに愛して欲しいから
少し生きることにした

二人、旅をして
二人、絵を描き
二人、じゃれ合いたい

だからほんの少しだけ
死なないでいようと思う

ほんの少しだけ
生きていようと思う

そしてあなたを心から
愛そうと思うんだ

「抱き締める友へ」

その薄汚れた手が好き
その小さな耳が好き
その冷たい鼻が大好き

君はいつも私の手の中から
街の雑踏を見ているんじゃないか
そんな気がする

時に私と向かい合い
真実を語らせてくれるけれど

何度壁にぶち当たっても
一緒にいてくれるのは君だけだった

結局私は君の全てが好きだけれど
君はこの現実をどう思う？

そんなことをぬいぐるみに聞かないでと
君は困惑するのかな？

でも君は私の手の中から
街の雑踏を見ている気がする

冷静に純粋に
真実だけを見つめている

その刺繍で作られた目が
今日も私を見つめるように

「コーヒーの香り」

不意な人嫌い
唐突な人嫌い
そう言って逃げていた少女

彼女が今、静かに
そして穏やかに
ほんの少し微笑んだ

日曜日の昼下がりに
彼が残していった
コーヒーの香り

日曜日の真夏日に
そっと囁く
百合の香り

彼に包まれながら
拳を握り締めていた少女が
ほんの少し微笑んだ

「光景」

私には時間がない
そして私には伝えたいものがある

大人になってしまう前の
ほんの少しの時間に
たくさんのことをしたいんだ

春に桜が咲き
夏に風鈴が囁く

秋、深々と紅葉が色付き
冬に雪が散る

そんなありふれた光景を
今、残して置きたいんだ

大人になってしまう前の
ほんの少しの時間に
私はここにいたい

「突き当たり…」

私はこれからどの道、歩む？
私はこれからどの夢、摑む？

心、泳ぐがままに…
心、踊るがままに…
心、遊ぶがままに…

小石だらけの道を
型崩れした夢を
もう一度、振り返ってみようかな

固く握り締めた拳に
深い涙を溜めて
足跡を辿る夜

「母…」

私は知っている
知っているつもり
わかっているつもり

親から離れようとしている私を
ここから歩き出そうとしている私を
静かに心配していること

私は知っている
知っているつもり
わかっているつもり

巣立てずにもがいている私に
そっと陰になろうとして
陰になりきれずにいる母のこと

「手紙」

世界中の同い年に
手紙を出してみたい

君はそこで
今、何をしていますかと

君はそこで
今、何を考えていますかと

私と同じように
生や死を見つめている子たちが
数え切れない程いるだろう

彼らは何に泣き
彼らは何に喜び
彼らは何を感じているのだろう

世界中の同い年に
手紙を出してみたい

今、私はここにいるよと
今、私は懸命に
心を見つめているよと

その中には
数え切れない喜びが
たくさん詰まっているんだ

「巣窟…」

巣窟な心から
どうしても抜け出したくて

ナイフを心に突き刺した
自分を突き放してしまったんだ

もう何年前のことだろう
その時から私には心無き私がいる

彼女は私の心を見抜きながら
純真にこうつぶやいた
そろそろ戻って来ないかと

そしてこうもつぶやいた
死ぬことは簡単だけど
悔しくはないのかと

その言葉は言霊となり
私の心に跳ね返る

巣窟な心よ
握り締め殴れなかった拳は
そのままでいいのか

「決意」

今を静かに見つめること
恐いけれど
静かに真実だけを探そうと思うんだ

傷付いたことも真実
苦しんだことも真実
あなたに出会ったことも真実

そこには偽りもなければ
隠す理由もない
でも真実は見つからないことが多いんだ

そんな中で小さな決意をした
心の真実を探そうと
自分を静かに見つめようと

「色鉛筆」

不安と混乱の中で描く絵は
何処か落ち着きがなく
散らかっている

一人で立つのには
まだ早過ぎるのに
でも時間だけは流れていて

ふと気付くと
大人と呼ばれかけている
子どもを終わらそうとしている

今にも落としそうな色鉛筆
それで今日を描いてみたけれど
それは散らかっているおもちゃ箱だった

もう少しだけ
このままでいられたら
色鉛筆をちゃんと持てるのに

もう少しだけ
このままでいられたら
おもちゃ箱を片付けられるのに

「人間って…」

誰でもが同じように
何処かに苦しみを感じていて

誰でもが同じように
何処かに苦しみをぶつけている

私もまた同じように
何処かに苦しみを感じていて

私もまた同じように
何処かに苦しみをぶつけている

そんな人間の不思議さに
巻き込まれながら

そんな人間として
生きているらしい

「また今度」

今度は笑って話をしよう
彼はいつもの姿だった

でも私は頷かなかった
声も出さずに
廊下へと消えて行った

それでも本当はほんの少し
心が穏やかになった気分

そして気持ちの波音が
静かに消えていったんだ

あなたにしか癒せない
無数の心の傷を
私は抱えているのかもしれない

でもどんな人にでも
癒しをもらえる時が来る

どんな人にでも
優しくなれる時が来る

そう信じていいよと
あの後ろ姿が語っていた

大病院の中で私がたった一人、心を許した重たい肩書きを背負う小児科医。私は、彼に救われた数多くある命の中の一つです。

「優しさ…」

いつの間にか
人を信じなくなっていた

言葉だけの優しさが
軽々しい優しさが
幼い心を傷付けると知ったから

もう世の中にいたくないと
自らを愚かにしていった

そして世の中の全てを知ろうとした
裏も表も全てを

結局それにも疲れ切って
私は悟った

この今を受け入れてからでも
それからでも遅くはないと

焦る必要はない
急ぐ必要はない

どれだけの人間がいても
私はここにしかいないのだから

だから今
優しさを信じようと思うんだ

みんなのそのままの姿を
受け入れようと思うんだ

「雨」

人はいつか死ぬ
それまでこうして
流れる雨を聞くのかな

唐突で不意で
生きることは
そういうことなのかもしれない

人はいつか永遠に眠る
それまでこうして
少しずつ大人になるのかな

曖昧で無防備で
大人なることは
そういうことなのかもしれない

結局人は最後まで
人を知り切れないままでいる
自分を裏切れずにいる

生きることも
大人になることも
掴み切れないのかな

雨が全てを濡らすように
いつか空が晴れるように
人生を歩こうと思った土砂降りの日

「クマの心」

もし君に声があったのなら
どんな言葉で
私を慰めてくれるのかな

もし君に表情があったのなら
どんな微笑みで
私を喜ばせてくれるのかな

もし君に心があったのなら
どんな夢で
私を未来へ連れて行ってくれるのかな

何も語らずに
ただ淡々と
私の手に握られたままの君

果たして私は
君と出会ってから
どれだけの涙を拭ってもらったのだろう

小さなぬいぐるみのクマに
私はどれほど
心を救われてきただろう

そしてこれからも
幾度となく
心を救われるのだろうな

「そのままで」

泣きたいときは
泣きたいままに
この今を静かに感じよう

夢から覚めずに
永遠に眠りたいけれど
それは悲し過ぎるから

だから今日は
泣きたいだけ
泣こうと思う

この今は
必ず未来の私を
助けてくれるはずだから

「不意の優しさ」

厳しさの中で
ほんの少しだけ見え隠れした
ほんの少しの優しさ

そんな彼女の心が
私の心の不意を衝いていた

何かに負けそうになった時
私はいつもあの時に戻るんだ

確かに苦しかったけれど
そこには自分で歩いた道がある

何かにくじけそうになった時
私はいつもあの手紙を読み返すんだ

あなたにしか書けない言葉がある
そう言ってくれた人を思い出すんだ

「もう一人の私〜その声〜」

心の奥にいる君の声
何だかとても震えている

君のそんな声を聞いたのは
初めてだった

でも強がりな君は
何一つ語ってくれない

何か大きなものが
君を責めつけているんじゃないのか？

もう一度その声を聞きたくて
記憶を辿ってみたけれど

その記憶は
二度と戻せない時間だった

結局君はあの日から
心を堅く閉ざしている

結局君はあの日を最後に
言葉を発さなくなった

ぬいぐるみを抱くように
不変なもので君を強く抱けたら
この心の中で苦しんでいないだろうな

でも私は君が本当に苦しい時
全てを投げ捨てて
助けてと叫ぶつもりだよ

君を失ってしまったら
私が私でなくなってしまうからね

「蒼いネコ」

そのネコはいつも一人
満月を好み
人目を嫌いがち

そのネコが流す
透明な涙の雫に見える
悲しげな心と求める愛

誰かが付けた心の傷と
大人の愛を求めるネコ

そのネコが今、静かに
そして恥ずかしげに微笑する
少しだけの太陽を見て

やがて透明な涙が
消えることを知ったから

太陽が透明な涙を
消していくことを知ったから

そのネコはまるで私のように
満月を好み
人目を嫌いがち

「大人の夢」

大人の望みや夢など
私にとってはただの雑音
関係ないことばかりだ

その中でもここにいることに
ただ単に意味があると
この自分が気付けばと思う

大人の望みや夢の通りに
生きなくてもいいじゃないか

彼らがそのことに
気付かなくてもいいじゃないか

この微かな声は
きっと誰かの心に
そっと残るはずだから

「感じる動物」

笑う　泣く　怒る
感じる動物

喜ぶ　悲しむ　叫ぶ
感じる動物

歩く　歌う　止まる
感じる動物

食べる　喋る　眠る
感じる動物

全ての行動ができたら人は
一体、何を思うのだろう

「ポケットの中」

私のポケットの中
その小さな世界には
未来と過去が揺れている

未来への恐怖と希望
過去の憎しみと悔しさ
その間で揺れる現在進行形の今

いつも強がっていたい
誰にも負けたくない
でも何処かに優しく触れていたい

そんな矛盾しているポケットの中
その小さな世界で
静かな決めたこと

駆け抜ける勇気はないけれど
一歩踏み出すことはできる
だから握り締めた心を開こう

「約束」

すぐそこにある約束を
一つ一つ守ることが
生き延びることらしい

その約束を破らないことが
大切な人を楽しませることらしい
自分を愛することらしい

私にはまだその意味がわからなくて
すぐそこに約束があるのかさえも
まだわかっていない

生きるという約束を交わしたけれど
私は大切な人を守れるのかな
その約束を守れるのかな

「湯気」

まるで赤ん坊を洗うように
彼をそっと洗った

温度など感じないはずなのに
お湯の熱さを
何度も手で確かめて

そして生地が傷まないようにと
ベビー石鹸を使った

彼は洗面器の湯船へ
私は父が入る前の
少し熱い湯船へ

湯船から上がると
自分より先に彼をタオルに包み
急いで着替える

部屋に戻り
彼を一番暖かい場所に置いてから
私は携帯のメールを確認する

そして溜まったメールを読みながら
彼をドライヤーで乾かす

熱過ぎはしないだろうか
風はきつくはないだろうか
そんなことを心配しつつ

彼は単なるぬいぐるみだけれど
私は彼を心から
愛している

私の迷う心を
何処か落ち着かせてくれるから

「小さなセラピスト」

たくさん叫びを上げたから
今度はたくさんの叫びを聞くよ

君は私のそばから
決して離れなかった

たくさん涙を拭ってくれたから
今度はたんさんの涙を拭うよ

君は私のそばで
心が微笑む瞬間をじっと待っていた

苦しかったあの朝も
君は私の手の中にいた

淋しかったあの夜も
君は私に大丈夫だよと囁いた

小さな石に躓いて
長い間立ち上がれなかったんだ

やがて立ち上がり
果てしなく続くこの大地に失望した

結局その全てを
君に癒されていたのかな？

「道」

君はどの道を歩んで来たんだ？
一度でいいから
聞いてみたかった

君はどの道を歩むつもりなんだ？
一度でいいから
聞いてみたかった

君はきっと
心の奥深く見えない何処かで
考えているのだろうけれど

でも私には聞こえてしまうんだ
不幸なことに
愚かなことに

君がこの心の中で
ずっと昔から
深く深く悩んでいること

郵便はがき

恐縮ですが
切手を貼っ
てお出しく
ださい

1600022

東京都新宿区
新宿1－10－1
(株) 文芸社
ご愛読者カード係行

書　名					
お買上 書店名	都道 府県　　市区 郡　　書店				
ふりがな お名前			明治 大正 昭和　年生　歳		
ふりがな ご住所	□□□-□□□□		性別 男・女		
お電話 番　号	（書籍ご注文の際に必要です）	ご職業			

お買い求めの動機
1．書店店頭で見て　2．小社の目録を見て　3．人にすすめられて
4．新聞広告、雑誌記事、書評を見て（新聞、雑誌名　）

上の質問に 1. と答えられた方の直接的な動機
1. タイトル　2. 著者　3. 目次　4. カバーデザイン　5. 帯　6. その他（　）

ご購読新聞　新聞	ご購読雑誌

文芸社の本をお買い求めいただき誠にありがとうございます。
この愛読者カードは今後の小社出版の企画およびイベント等の資料として役立たせていただきます。

本書についてのご意見、ご感想をお聞かせください。
① 内容について

② カバー、タイトルについて

今後、とりあげてほしいテーマを掲げてください。

最近読んでおもしろかった本と、その理由をお聞かせください。

ご自分の研究成果やお考えを出版してみたいというお気持ちはありますか。
ある　　ない　　内容・テーマ（　　　　　　　　）

「ある」場合、小社から出版のご案内を希望されますか。
する　　　しない

ご協力ありがとうございました

〈ブックサービスのご案内〉
小社では、書籍の直接販売を料金着払いの宅急便サービスにて承っております。ご購入希望がございましたら下の欄に書名と冊数をお書きの上ご返送ください。（送料1回210

ご注文書名	冊数	ご注文書名	冊数
	冊		
	冊		

君はどの道を歩んで来たんだ？
一度でいいから
聞いてみたかった

君はどの道を歩むつもりなんだ？
一度でいいから
聞いてみたかった

この心の奥深くで
君はずっと昔から
悩んでいる

だからその声を
響かせてみないか？
君にはまだ声が残っているのだから

「躊躇い傷」

こんな私でも
死を躊躇ったあの夜

誕生日の前の夜
私の部屋は暗闇だった

ただ悲しくて
歳を重ねることが虚しくて
そして寂しくて…

一夜中、泣き尽くした
真夜中の静寂を
涙が静かに破っていた

それでも私は
生きることにしたんだ
この世にいることにしたんだ

躊躇い傷を手首に作って
躊躇い傷を心に作って

これから
たくさん傷付くと知りながら

「時雨」

音を立てて降る雨
その音は気持ちが一気に
流れ出るみたいだった

そっと何処かに
そっと隠して置きたい
この自分の姿

いつか晴れるであろうこの空に
今の心を残したい

音を立てて降る雨
その雨は写真に撮られた
昨日の自分のよう

「沈黙の電話」

悩んでいる友がいる
彼女は私につぶやく

一日中話を聞く
そんな大人が欲しいと

その言葉を聞き
私も心でつぶやいた

誰にも届かないけれど
今、同じ気持ちだよと

でも微かなつぶやきに
そっと気付く大人は少ないんだ

そして大人が振り向く程
私たちは萎えていないように見える

学友よ、空元気はもうやめろ
学友よ、そのことに早く気付け

友よ、ここでいいのなら
好きなだけ泣けばいいじゃないか

君の涙が止まるまで
私は沈黙の電話を切らないから

「ナイフ」

不運にも何かに狂乱しそうで
君が誰かを傷付けたいなら
私を深く傷付ければいい

言葉ほど鋭く切れる刃物はない
言葉ほど悲しく残るものはない

君がその言葉で傷付き
もし同じ痛みを誰かに与えたいのなら
私を深く傷付ければいい

でも君はきっと後悔するよ
私があの日、同じことをしたように

言葉より鋭く切れる刃物はない
言葉より悲しく残るものはない

君もとっくの昔に
そのことを知っているだろう？

それでも君が誰かを傷付けたいのなら
自らではなく
私を深く傷付ければいい

「唇」

花びらを引っ張るの
かわいそうだから

私が唇、寄せるの
私がその香りに近付くの

カサブランカ
その花は香りに酔うと
代わりに胸一杯の微笑みくれる

自分にフラフラになって
辛い愛に偏って
現実にぬいぐるみを抱く今日

たくさんの絵を感じて
たくさんの愛を確かめて
あなたがそこにいるのがわかった気がした

そんな鋭く穏やかな三日月の夜
花に唇、寄せて
寝そべる愛に溺れてみた

「空虚」

この手にもらった幸せは
この手が与えた幸せは
一体、いくつあったのだろう

物に満ち溢れた世の中で
これ以上何を求めるんだ？
地球では争いが絶えないというのに

でも何か大切なものが
一つだけ欠けているんだ
そんな気がする

この手にもらった幸せは
数え切れなかった

あなたに出会えたことも
きっとその幸せの一つ

でも私には
何か大切なものが
一つだけ欠けている

それはまるで
一つビスを失っているのに
しっかりと立っている机のよう

「愛を下さい」

苦しくなる程の愛を
私に下さい

胸いっぱいの愛を
私に下さい

二度とこんな日が
訪れないように
包み込んで欲しい

我が侭な少女の
果てない願いが
あなたの心に響きますように

苦しくなる程の愛を
私に下さい

胸いっぱいの愛を
私に下さい

一欠けらの愛に
そっと包まれたい

そしてその愛の中で
静かに眠りたい

深い眠りが覚めたら
今度は私が愛をあげるから

「語り…」

目を合わさずに
彼女は語った

母として
一人の女性として
また言葉を受け取る者として

あなたは生きて
ここにいなければならないと

あなたは言葉を
紡ぎ続けなければならないと

彼女が目を合わさない理由を
私はすでに知っていた

そして私も目など
合わしたくなかった

それは溢れる涙を
止めるため

それは逸る気持ちを
抑えるため

でも言葉を紡ぎ続けることに
疲れることもあるんだよ

その時そばにいて欲しいのは
祖母があなたに受け継いだ暖かさ

でもあなたは
そのことを知らな過ぎるんだ

「遊子」

君は今、どの空の下？
何処の街角で遊んでいるの？
そこでどんな音を聞いている？

今日も私は君を探したんだ
思い出を繋ぎ合わせるように
古い記憶を辿るように

ここで今、私はここにいると叫ぶから
そろそろ君の声も
聞かせてくれないか？

泣き声だけでもかまわない
その声が震えていてもかまわない
私がその声を受け止めるから

君は今、どの空の下？
何処の街角で遊んでいるの？
そこでどんな音を聞いている？

私はここにいる
もう逃げないから
君も私の心に戻っておいでよ

「贈り物」

散っていく花びらは
次の季節への贈り物

何もかも
この世の全てのもの
咲き誇り続けることはできない

きっと長い冬や
寒い季節を
知らなければならない

人と人との小さな溝を
花びらに埋めて欲しいものだ

私の心の小さな隙間を
花びらに埋めて欲しいものだ

「淋」

友達と全てを忘れて
無邪気に遊んだ

久々に笑い
久々にじゃれ合った

でも一人部屋に戻り
虚しさが私の心を
攫っていく

笑顔で別れ
笑顔でこの部屋に
戻って来たというのに

遊び過ぎた後に襲う
この限りない虚しさは
どこか冬の空に似ていた

「白いコート」

白いロングコートに身を包み
ポケットに手を突っ込んで
少女は自分を隠した

傷だらけの腕を隠し
眠っていない顔を隠し
握り締めた拳を隠した

睨む目の奥
そこには見えない涙を
いつも浮かべているのに

白いロングコートの下
壊れかけの危うい心が
そっと揺れている

そんな思春期の只中の少女は
白いロングコートで
今日も街の雑踏に消えていった

「ペガサス」

大好きな人がそっとつぶやく一言で
人は優しくなれる
人は穏やかになれる

愛してる
そのあまりにも平凡な一言は
私の心を甘えさせる

何処にでも転がっていて
誰でもが口ずさみそうで
特別な罠を持つわけでもないのに

それでもその言葉を探すのは
とても難しかった
なかなか出会えなかったんだ

真夜中に彼がそっとつぶやいた
君がさよならを言うまでは
愛していると

愛心
揺れて微笑む
月のよう

「学び舎」

地面を濡らした雨に
そっと頷いた

これでいいんだと
間違っていても
その間違いに気付けばそれでいい

早咲きの桜の花に
静かに微笑んだ

朧華だけれど
明日、巣立つらしい
学び風に溢れていた学び舎を

明日の朝、校章に固く誓うだろう
志高く
学に溢れた大人になりますと

そしていつか我が子に話したい
私が歩んだ道のりを
私が夢見た学び舎を

「灯」

住み慣れたあの街の
小さな明かり
その灯が私に囁く

心を静めろと
心を穏やかにと
心を澄ませろと

遠く離れてしまった
田舎の街で
今、私は思う

何にこんなにも
壊れたのだろうと

この田舎で
何ができるのだろうと

心を静められるのか？
心を穏やかにできるのか？
心を澄ませられるのか？

住み慣れたあの街の灯
その小さな明かりが
そっと私に囁いた

君自身は何も変わっていないよと
君は君のままだと
だから少し微笑もうよと

「卒業」

何処まで行っても
いいんだよね？

私が好きなところまで
行ってもいいんだよね？

君もまた何処までも
駆け抜けて行くんだよね？

君は満足するところまで
走り続けるのだろうな

でもここで一緒に過ごした時間を
忘れないでね

君は負けず嫌いなくせに
実は繊細な心の持ち主だった

私はそんな君をきっと一生忘れない
そう固く誓うから

だから君にも
ふと思い出して欲しいんだ

共に微笑んだ学友がいたと
共に競った学友がいたと

そしていつの日か
互いに精一杯駆け抜けたこの大地を
学友に戻って語り合おう

「休日」

休日の朝
陽に当たることもなく
一日中ベッドの中にいた

この一週間の疲れなど
取れるはずがない
そんなことを考えながら

たまに鳴る携帯電話を
少しうるさく
少し嬉しく感じながら

いつの間にか陽が暮れていて
今日の天気も知らないまま
また慌しい週明けだ

「引越しの日」

たくさん泣いたあの家は
たくさん遊んだあの家は
もう遠い昔の話

今、ここで始めたいけれど
たくさん躓くものがあって
たくさん傷付いてしまう

生きなければならない現実に
疲れ果ててしまいそう

私の記憶に焼き付いた
引っ越しの日が
そっと心を揺らしている

この土地に慣れる日は
一体、いつになるのだろう

「距離」

あなたとメールを交わす夜
私は不意の涙に襲われる

言葉にならない程切なくて
とてもとても愛しくて

そして彼からのメールは
どんな言葉よりも優しいのに

少女よ、静かに眠れと
気持ちを穏やかにと

月の光をたくさん浴びて
その感性を研ぎ澄ませろと

いつでも飛んでいく
そんな風に言うのは彼だけだった

上滑りでもかまわない
それでも私は彼が愛しい

建て前だけでもかまわない
私は彼が愛しくて仕方ない

「天空の籠」

虹は天空の籠
そう教えてくれた人がいた

彼はいつか一緒に
海へ行こうと誘ってくれた

海と月と砂浜
裸足で歩く私をふと考えた

ピース（平和）と叫ぶのは
少し恥ずかしくて

きっと私はその光景を
自分と一緒に写真で持ち帰るのだろう

そして一人部屋で
心に映るその光景に

虹は天空の籠
そう叫んでいるのだろうな

そしてピース（平和）
そう囁きたくなるのだろうな

そんなことを考えながら
彼の言葉に微笑した

「愛する人よ」

その人の手は
祖母の手よりも大きかった

その人の手は
父親の手よりも温かかった

でも彼は何も語らなかった
そして散り桜を眺めながら
静かに傷だらけのキスをしたんだ

手を握り合い
瞳を見つめ合い
頭を撫で合った

そのまま放したくなかった
このまま一緒にいられたらと
そんな考えが頭を叩いていったよ

でも二人は引き裂かれるように
時間に押し流されていった
甘ったるい時間は奪われていった

次の約束もしなかった
そこに愛があるかも聞かなかった

でもあの手を信じて
あのキスを信じて
今夜はあなたに心、奪われていたいんだ

愛する人よ
あなたはまた少し
私の現実に近付いた

「静寂」

誰かに触れていたい
そんな夜がある

でも…誰にも触れられなくて
触れてしまったらなくなりそうで
触れてしまったら失いそうで

真夜中の静寂を
優しい声に破られたいのに

いつも何かに迷っていて
いつも明日に悩んでいる
そんな思春期の真夜中

明日は明日の風が吹くさと
いつか笑って眠りたい

真夜中にふと月を見上げ
この静寂で天国にいる祖母を思った
そんな思春期の只中

「おやすみ」

何だかちょっぴり
淋しくて

何だかちょっぴり
切なくて

とてもとても
愛しいです

メールの文字が
おやすみと囁いた

それがいつの間にか
子守歌のように聞こえてくる

おやすみなさい
素敵な夢を

「ここにいる」

壊れていく気持ちは
泣いているみたいだった

誰が悪いわけでもないのに
どうしてこんなに苦しいの？

壊れていく気持ちを
抱きかかえている自分がここにいる

濡れていく気持ちは
叫んでいるみたいだった

誰が望んだわけでもないのに
どうしてこんなに泣きたいの？

濡れていく気持ちを
雨に照らしている自分がここにいる

私がここにいることを
今日は誰も知らない

「囁き」

どうしてあなたは
いつもそんなに優しいの？

何にもがいているんだ？なんて
何が苦しいんだ？なんて

ありふれた質問を通り越し
あなたはいつも囁き続ける

その感性を輝かしい月の光で
研ぎ澄ませなさいと

それまではたくさん泣いて
それまではたくさん苦しみなさいと

何も知らないはずなのに
どうしてあなたは
いつもそんなに優しいの？

「ホットミルク」

あなたをふと考え
愛しく切なくなった

そうしたら何だか急に
死ぬのが恐くなって
消えるのが恐くなって

零れ落ちる涙とか
夢見る気持ちとか
全てを失うことが恐ろしくなって

例えば夜遅くに飲んだ
ホットミルクの甘さとか

例えばあなたと交わした
少しのキスの甘さとか

そういうもの
全てを失うのかと思ったら
何だか急に恐くなった

あなたがいなければ
嫌な今日から逃げられたのに

それでも私は携帯の向こうにいる
優しいあなたに触れてしまった

そして消えるのを止めて
あなたと会う約束を守ることにした

あなたに触れなければ
今から消えようと思っていたのに

そんなあなたは
幼い頃に祖母が作った
ホットミルクの甘さに似ている

「溺」

たくさんの優しさに
侵されていたい

たくさんの愛に
浸っていたい

たくさんの心に
甘えていたい

月が微笑む今宵は
そんな気分

明日を考えれば
眠らないといけない時間
もうこんな真夜中なのに

でも今宵は
この月とこの気持ちに
そっと呑まれていたい

本当は幼い女の子
それを隠し続ける毎日に
少しだけ疲れたから

だから今宵は
この月とこの気持ちに
そっと呑まれていたい

月が微笑む今宵は
たくさんの詩と絵に
溺れようと思う

「傷」

誰もがこの傷を見れば
誰もがその目を逸らしていった
そうあなたのように

誰もがこの心を見れば
誰もがその手を逸らしていった
そうあなたのように

誰が真正面を向くの？
その前に私の心は何処？
この心は何処へ消えた？

傷だらけの腕と
傷だらけのココロと
傷だらけの夢と

でも私だけは
この心からも傷からも
逃げられない

「日記」

この世の苦しみを
鏤めた日記は今日で終わり

疲れたと一言残し
私の日記は今日で終わり

一つの命
出来るなら明日はもう目覚めたくない

こんなにも傷付いて
こんなにも涙を流し

この世の苦しみを
鏤めた日記は今日で終わり

私の日記は今日で終わり
最後の言葉は明日がないと祈るだった

「ｈｅｌｐ」

夜、駆け上がった最上階は
とても息苦しかった

夜、見下ろした空の上は
とても恐かった

目の前に転がっている苦しみは
色も形も教えてくれない意地悪なもの

でもわからないけれど
死ぬことでは解決しないんだよ

早まるなと声を深めたあの人が
涙を流したじゃないか

生きろと声を荒げたあの人が
拳を握り締めたじゃないか

夜、現実から逃げたかった私は
いつの間にか窓の外にいた

そして何もなかったかのように
夜が明けていったんだ

私のｈｅｌｐ（助けて）という声を
ここに残して

「救い」

あの人が少女の命に触れたのは
一体、いつのことだろう

少女は語る
私は生きる術を持たないと

あの人が少女の心に触れたのは
一体、いつのことだろう

あの夜からきっと少女は考えている
死ぬことの痛み

それでも彼女は一人もがく
生きることに

そして今、立ち尽くす
書き続けた詩を前にして

そして今、立ち尽くす
命を救った人々を考えながら

命を何処に置くべきか

心を誰に許すのか

現実に目をつぶった私が目覚めると、そこは救命救急センターと呼ばれる場所でした。私はそこで再び〝生きる〟を与えられたのです。

「今…」

いつまでもいつまでも
眠れる気がした

手乗りインコを
無造作に操りながら
悪戯に自分を傷付けて

いつまでもいつまでも
眠れる気がした

小さなくまのぬいぐるみを
特別に抱きながら
現に心を照らして

でもまたしても目覚め
今、私はここにいる

「一人ぼっちの日曜日」

雨に濡れた道
わざと水溜りを歩いてみた

昔々に戻ってみたくなって
幼げな少女になってみたくなって

今度は少し背伸びをして
本屋さんの匂いに包まれてみた

たくさんの本の中から
迷わずに手に取った画家の作品集

ふらふらとネオンを頼りに歩いてみた
一人ぼっちの日曜日

何かの狭間で揺れ動いてみた
一人ぼっちの日曜日

「錯綜」

様々な叫びが錯綜するこの世の中で
感性を研ぎ澄ませることは
あまりにも難しい

私が未熟なのか
求めるものが困難なのか

様々な涙が打ち付けるこの世の中で
自らを磨き上げることは
あまりにも難しい

命の続きを祈りつつ
今日を逃れたいともがいている

何があったと聞かれても
もう言葉など見つからない

どうしたんだと言われても
流れ出るのは心の涙だけ

間違えて生まれて来たわけでもない
そして
間違えて生きて来たわけでもないだろう

壊れた心が求めるものとは何なのだろう
愛ですか？
夢ですか？それとも心ですか？

ぶつかった壁が見える日に
その答えが見つかるのかもしれない
答えなどないのかもしれないけれど…

「小さな椅子」

巡りゆく季節の中で
小さな椅子に座り
取り留めもなく話そうよ

途轍もなく大きかった
親の背中を
今日、小さく感じてしまった

そして止められない時間を
動いていく世の中を
少し虚しく思った

押し寄せる思い出の波
立ち尽くし見つめる
古い写真の姿

その笑顔の少女は
この今の姿を
想像していたのだろうか

その少女のとなりの人は
この娘の成長を
微笑ましく思っているのだろうか

喧嘩をした日
無邪気にはしゃいだ日
消えた夢に涙した満月の夜

いつもこの部屋に
戻ってきていた
いつもこの家族の中に

巡りゆく季節の中で
小さな部屋に座り
取り留めもなく話そうよ

「祈り」

こんな愛の終わり方
寂しすぎる
虚しすぎる

悔しいよ
卑怯だよ

あんな夜にどんな思いで
空へ向かったの？

あなたに一体
何が起こったの？

空へ向かう、その前に
何故に知らせてくれなかったの？
何故に一言、残さなかったの？

こんなにも
愛しているのに
愛していたのに

あなたと旅した

沖縄の海

京都の美術館

きっと一生、忘れない

忘れられない

愛してる

ありがとう…

彼の死は、あまりにも唐突でした。でも、彼は私に他人を愛することと、自らの命を絶つことの恐ろしさを教えてくれました。

私たちは互いの接点で、精一杯の愛を確かめ合い、楽しんだのです。それは、時に絵となり、詩となり、音楽となり、感情となりました。

今、唐突に彼を失った私は、出会えた運命に心から感謝し、生まれ変わった時、また巡り合えますようにと祈っています。

「雨降る夜」

雨降る夜
私はあなたを思っている

雨降る夜
私は思い出を振り返る

雨降る夜
私は傷色キスを思い出す

雨降る夜
私は空に涙する

雨降る夜
私は心を抱き締める

雨降る夜
私は未来を考える

雨降る夜
思春期の只中

雨降る夜…
ほんの少し、死を思った

「自分の道」

強がらなくていい
恐がらなくていい

負けてもいい
泣いてもいい

今日の苦しみの中に
明日の糧が転がっているはず

だからこの道を歩こう
自分の道を歩こう

自分を信じて
心を信じて

「指輪」

彼からもらった指輪を外してから
もうどのくらいが経つだろう

ずっとそばに感じていたくて
その指輪を外したくなかった

彼がいなくなってから
もうどのくらいが経つのだろう

どれだけの時が流れても
きっと彼を忘れない

その人は煙草に濡れた人だった
その人はコーヒーに浸かった人だった
そして私を溺愛していた

それは美しい思い出のまま
きっと何一つ変わらない

私たちは、共に生きていくはずでした。

彼が私に手渡したその指輪には、互いの名前が刻まれていました。そして、今も赤いケースから、私と、二人が共に歩んだ日々を見つめています。

「横顔」

零れ陽に舞った横顔
真夜中、あなたに静かに
近付きたかった

月も輝やかぬ夜に
一人、この世を去った人
愛した人を追おうとした私

あなたは楽になれたのですか?
自らの命を絶つことで

あなたは本当に良かったのですか?
何も語らぬままで

溺れる程に愛し合った二人は
その片平を失い
この先どうやって生きていくのですか?

でも私は死なない
あなたが数知れぬ思い出と共に
残していった命だから

僕は死なない
君も死ぬなよ

あなたはそう言い
私を強く抱き締めた

だから私は死なない
あなたの横顔
この胸に痛い程に刻み

私は死なない…
私は生きる

「天使」

長い長い秋の夜
その静けさは
絵に描かれた天使のよう

三頭身の天使
星を片手に夢を抱き
長い長い秋の夜に現れた

心は壊れ
いつかの眠りに就いたままのベッド
それでも瞳は輝いている

そんな少女の心に
長い長い秋の夜と
夢を抱いた天使が訪れた

そして少女は
まるで子守歌を聞くように
絵筆を置いて眠りに就く

何日かぶりの眠りへ
夢ある眠りへ
そう、天使のように

「詩人《うたびと》」

詩人って夢に取り憑かれた人のこと
現実の虚しさ
未来への恐怖

そんな人々の喜怒哀楽を
見えない色の読める言葉にする

詩人って夢に取り憑かれた人のこと
私はずっとそう思っている

桜、誇る頃
堂々としている
小さな背中と大きなランドセル

夕立に心、攫われる頃
静かに揺れる
風鈴の音と鈴虫の羽

山、悠々と色付く頃
そっと始める
冬の支度と季節の便り

寒空、七変化に銀色の星を落とす頃
耳を澄ませてみる
除夜の鐘と新しい自分

詩人って夢に取り憑かれた人のこと
私は季節の夢を持ち
今、ここにいる

未来を片手に握り締め
生きる幸せを両手に感じて

そして吹く風に色を付けて
遊んでいる
どうしても詩人になりたくて

もし神が存在するならば、神に・この波乱含みの運命に・16歳の今を生きる厳しい現実に・脆くも過ぎ去っていった時間に・書き続けてきた詩を通して、こうしてあなたと出会えたことに、心から感謝致します。

前作、「虹色の夢」の刊行から約1年、数え切れぬ人に出会い、支えられ生き延びている16年のこの心は、いつでも・どんな時も、鋭い現実に関係なく私に不安定な一面を見させてくれます。しかし私は今、この心を逃げられない感性だと、まるごと背負い、受け止めようと思っています。

そして、この心は存在するものの全てを失ったとしても、私の深い言霊として、あなたの心の奥、懐かしく柔らかい場所に残っていくことでしょう。また、そうであると祈っています。

これから私は、この心を持つ私だからこそ書ける詩を目指し、生きようと思います。この心と、この自分を純真に磨きながら。

最後にこの詩集を、一足先にこの世を去った大切な人の一人である彼に、心から捧げたいと思います。

早瀬　さと子

そこにいるあなたは何処に心を感じて生きていますか？

profile＊著者プロフィール

早瀬 さと子

Satoko Hayase

1986年東京都生まれ。

16歳。

kokoro 心 こころ

＊

2002年12月24日 初版第１刷発行

著 者／早瀬 さと子

発行者／瓜谷 綱延

発行所／株式会社 文芸社

〒160-0022 東京都新宿区新宿1-10-1

電話03-5369-3060（編集）

03-5369-2299（販売）

振替00190-8-728265

印刷所 図書印刷株式会社

©Satoko Hayase 2002 Printed in Japan

乱丁・落丁本はお取り替えいたします。

ISBN4-8355-4790-X C0092